Philippe Dorin

Ils se marièrent et eurent beaucoup

Théâtre

l'école des loisirs
11, rue de Sèvres, Paris 6e

Je me souviens d'un enfant qui, parce que
En attendant le Petit Poucet
se jouait devant le rideau rouge de la scène,
a cru que le spectacle n'avait jamais commencé.

ISBN : 978-2-211-07857-3

Loi numéro 49.956 du 16 juillet 1949 sur les publications
destinées à la jeunesse : mars 2005
Dépôt légal : novembre 2009
Imprimé en France par Pollina à Luçon - n° L52114

PERSONNAGES

LE FUTUR

LA PROMISE

L'AUTRE
(tantôt avec des bottes, tantôt sans)

JULIETTE BÉQUETTE

1

Devant le rideau rouge.
Le Futur entre. Il déplie une lettre.

LE FUTUR : Mon amour, la nuit qui a suivi ton départ, une montagne s'est détachée du nord du pays et est venue se poser juste entre le ciel et ma fenêtre, comme une grosse vache qui se couche en travers du chemin. Et depuis, le jour ne s'est plus levé dans ma chambre, et le petit matin n'a plus été mon ami. Ton Futur.

Il déchire la lettre.

La Promise entre.

LA PROMISE : Tu pleures ?

LE FUTUR : Ma fiancée est partie à l'autre bout du monde.

LA PROMISE : C'est pour ça que tu pleures ?

LE FUTUR : Peut-être que je ne la reverrai jamais.

LA PROMISE : Faut pas t'en faire !

LE FUTUR : C'est facile à dire !

LA PROMISE : Si elle est partie à l'autre bout du monde, ça veut dire qu'elle est juste derrière toi.

LE FUTUR : Tu crois ?

LA PROMISE : La Terre est bien ronde, n'est-ce pas ?

LE FUTUR : C'est ce qu'on dit !

LA PROMISE : Alors, si comme tu le penses, ta fiancée est partie à l'autre bout du monde, ça veut dire qu'elle est là, juste derrière toi.

LE FUTUR : Je vais regarder.

LA PROMISE : Surtout pas !

LE FUTUR : Et pourquoi ?

LA PROMISE : Le soleil se lève et se couche dans un seul sens, il me semble.

LE FUTUR : C'est ce qu'on voit !

LA PROMISE : Alors, il ne faut pas aller contre la marche du monde. Si tu te retournes, tu risques de tout renverser.

LE FUTUR : Bon, d'accord ! Mais dis-lui de me taper sur l'épaule, que je sois sûr qu'elle est bien là, derrière moi.

LA PROMISE : « Tape-lui sur l'épaule ! »

Rien.

LE FUTUR : Alors, tu lui dis ?

LA PROMISE : C'est ce que j'ai fait !

LE FUTUR : Je n'ai rien senti.

LA PROMISE : C'est peut-être qu'elle n'a pas tapé assez fort. Elle a l'air très délicate, ta fiancée.

LE FUTUR : Parce que tu la vois, toi ?

LA PROMISE : Bien sûr que je la vois ! Ça devrait te suffire, ça, que moi je la voie ?

LE FUTUR : Je ne sais pas. Je ne te connais pas.

LA PROMISE : Approche !

Le Futur s'approche.

LA PROMISE : Regarde-moi dans les yeux !

Il la regarde dans les yeux.

LA PROMISE : Et là, tu la vois ?

LE FUTUR : Pas mieux !

LA PROMISE : Il faudrait que je pleure. Peut-être que si je pleurais, tu la verrais.

LE FUTUR : Pourquoi tu pleurerais ?

LA PROMISE : Approche encore !

Le Futur s'approche encore.

LA PROMISE : Enlace-moi !

LE FUTUR : T'enlacer ?

LA PROMISE : Oui !

LE FUTUR : Mais ma fiancée, qui est derrière moi ?

LA PROMISE : Ne t'inquiète pas ! Elle est comme toi, elle ne regarde pas.

LE FUTUR : Par le cou, par la taille ou par le bras ?

LA PROMISE : Les deux !

Le Futur l'enlace.

LA PROMISE : Et maintenant, tu la vois ?

LE FUTUR : Toujours pas !

LA PROMISE : Tu le fais exprès ou quoi ?

LE FUTUR : Si je la voyais, ça se verrait !

La Promise l'embrasse.

LA PROMISE : Et comme ça, tu la vois ?

LE FUTUR : Mais tu m'embrasses, là ?

LA PROMISE : Oui !

LE FUTUR : Et ma fiancée qui est là, juste derrière moi, tu n'y penses pas ?

LA PROMISE : Non !

LE FUTUR : C'est un baiser volé, ça ?

LA PROMISE : Oui !

LE FUTUR : Mais ça se fait pas !

LA PROMISE : Non !

LE FUTUR : Ça se fait pas du tout du tout du tout du tout !

LA PROMISE : Non non non non non non non non !

LE FUTUR : C'est précieux, un baiser, tu sais ?

LA PROMISE : Oui !

LE FUTUR : C'est destiné. Ça ne se donne pas au premier venu.

LA PROMISE : Non !

LE FUTUR : Et tu oses me dire non ?

LA PROMISE : Oui !

LE FUTUR : Effrontée !

LA PROMISE : Oui !

LE FUTUR : Tu vas me le rendre tout de suite, ce baiser !

LA PROMISE : Non !

LE FUTUR : Bon, d'accord ! Mais tu sais ce que tu vas faire ?

LA PROMISE : Non ?

LE FUTUR : Tu vas aller le porter à ma fiancée qui est à l'autre bout du monde.

LA PROMISE : Oui !

LE FUTUR : Ça t'apprendra !

LA PROMISE : Oui !

LE FUTUR : Allez, file !

LA PROMISE : Oui !

LE FUTUR : Et plus vite que ça !

LA PROMISE : Oui !

Elle ne bouge pas.

LE FUTUR : Eh bien, qu'est-ce que tu attends ? Tu devrais déjà y être.

LA PROMISE : Élance-moi !

LE FUTUR : T'élancer ?

LA PROMISE : Oui ! Fais-le tourner, ce monde, que je puisse le porter jusqu'à l'autre bout, ton baiser.

LE FUTUR : Mais y a pas la place ?

LA PROMISE : Serre-moi très fort !

LE FUTUR : Comme ça ?

LA PROMISE : C'est ça !

LE FUTUR : Bon, mais pas longtemps !

Il l'élance.

Petit tour de danse.

Le Futur s'arrête.

LA PROMISE : Déjà ?

LE FUTUR : Tu es sûre que tu ne m'en éloignes pas, là ?

LA PROMISE : Quoi ?

LE FUTUR : De ma fiancée ? Ce serait pas toi qui m'attires, plutôt ?

LA PROMISE : Pardon ?

LE FUTUR : Ce serait pas la tête que tu me fais tourner, au lieu du monde ?

LA PROMISE : Comment ?

LE FUTUR : Do you take me for a stupid boy, baby ?

LA PROMISE : Hein ?

LE FUTUR : Il pourrait pas y avoir un peu de musique, quand même ?

LA PROMISE : Si tu veux !

Musique.

LE FUTUR : Mon amour, quand je passe mon bras autour de ta taille, on dirait que je fais le tour du monde. Ton Futur.

LA PROMISE : Qu'est-ce que tu dis ?

LE FUTUR : Rien !

Le Futur sort.

La Promise continue de danser seule en compagnie d'un fiancé imaginaire.

LA PROMISE : Nous voilà, tous les deux, toi et moi. On se mettra là, dans ce coin, on gênera pas. Toi, tu porteras les questions.

– Pourquoi moi ?

– C'est toujours les filles qui portent les questions.

– C'est lourd, les questions ?

– Oui non assez pas trop ça dépend !

– Y en a combien ?

– Deux trois !

– Et toi ?

– Moi, j'aurai la chemise blanche.

– Est-ce que tu t'en iras ?

– Ça commence déjà, les questions ?

– Aujourd'hui, tout le monde s'en va.

– C'est bête comme question !

– C'est jamais assez bête, les questions.

Un autre avec des bottes passe par là.
La Promise s'arrête.
Un temps.

LA PROMISE : T'arrêtes de me regarder comme ça ?

L'AUTRE : Comment je te regarde ?

LA PROMISE : Comme ça !

L'AUTRE : Moi, je te regarde comme ça ?

LA PROMISE : Oui !

L'AUTRE : Ça m'étonnerait !

LA PROMISE : Tu t'es pas vu !

L'AUTRE : Où c'est que t'as déjà vu qu'on regardait les gens comme ça, toi ?

LA PROMISE : Je m'appelle pas Jean.

L'AUTRE : C'est ridicule ! Pourquoi pas comme ça, pendant que tu y es ? Ou comme ça ? Ou encore comme ça ?

LA PROMISE : N'empêche que, toi, t'arrêtes pas de me regarder comme ça.

L'AUTRE : Qu'est-ce que ça peut faire ?

LA PROMISE : Moi, ça me gêne.

L'AUTRE : Comment tu voudrais que je te regarde, alors ?

LA PROMISE : Je sais pas, moi. Comme ça !

L'AUTRE : Comme ça ? Tu voudrais que je te regarde comme ça ?

LA PROMISE : Pourquoi pas ? C'est toujours mieux que comme ça.

L'AUTRE : Comme ça ou comme ça, je vois pas ce que ça change.

LA PROMISE : Tout.

L'AUTRE : Eh bien moi, si j'ai envie de te regarder comme ça, je te regarde comme ça !

LA PROMISE : Et puis t'arrêtes de me parler comme ça !

L'AUTRE : Comment je te parle ?

LA PROMISE : Comme ça !

L'AUTRE : Moi, je te parle comme ça ?

LA PROMISE : Oui !

L'AUTRE : Première nouvelle !

Un temps.

LA PROMISE : Je sais ce qui te manque, à toi.

L'AUTRE : Ah oui ?

LA PROMISE : Ça se voit tout de suite.

L'AUTRE : Ah bon ?

LA PROMISE : C'est le cheval.

L'AUTRE : Comment t'as deviné ?

LA PROMISE : Comme ça !

L'AUTRE : Oui, c'est le cheval.

LA PROMISE : Qu'est-ce que je te disais ?

Un temps.

L'AUTRE : Justement, ça tombe bien.

LA PROMISE : Pourquoi ?

L'AUTRE : Parce que je vois qu'à toi aussi, il t'en faut un.

LA PROMISE : De cheval ?

L'AUTRE : Mais non, de cavalier !

Il l'enlace.

L'AUTRE : Qu'elle est bête, celle-là !

Petit tour de danse.

L'AUTRE : Nous voilà, tous les deux, toi et moi. On se mettra là, dans ce coin, on gênera pas. Toi, tu porteras les questions.

LA PROMISE : Pourquoi moi ?

L'AUTRE : C'est toujours les filles qui portent les questions.

LA PROMISE : C'est lourd, les questions ?

L'AUTRE : Oui non assez pas trop ça dépend.

LA PROMISE : Y en a combien ?

L'AUTRE : Deux trois !

LA PROMISE : Et toi ?

L'AUTRE : Moi, j'aurai la chemise blanche.

La Promise s'arrête.

LA PROMISE : Est-ce que tu t'en iras ?

L'AUTRE : Ça commence déjà, les questions ?

LA PROMISE : Aujourd'hui, tout le monde s'en va.

L'AUTRE : C'est bête, comme question.

LA PROMISE : C'est jamais assez bête, les questions.

Petit tour de danse.

LA PROMISE : Alors ?

L'AUTRE : Alors quoi ?

LA PROMISE : Est-ce que tu t'en iras ?

L'AUTRE : On va pas commencer par la fin.

L'Autre s'arrête.

L'AUTRE : Regarde !

Il fait l'équilibre sur les deux mains.

LA PROMISE : Et après ?

L'AUTRE : T'es même pas capable d'en faire autant !

LA PROMISE : Tu paries ?

L'AUTRE : Allez !

La Promise fait l'équilibre sur les deux mains. Sa jupe est toute retroussée.

LA PROMISE : Alors ?

L'AUTRE : Non, c'est tout ce que je voulais voir.

Petit tour de danse.

LA PROMISE : Attends !

La Promise s'arrête. Elle montre sa main.

LA PROMISE : Là, y a une gifle.

Elle montre sa bouche.

LA PROMISE : Là, y a un baiser.

Un temps.

L'AUTRE : Et alors ?

LA PROMISE : Qu'est-ce que tu choisis ?

L'AUTRE : Le baiser !

Elle lui colle une gifle.

LA PROMISE : Faut pas me prendre pour une cloche !

Petit tour de danse.

L'AUTRE : Pourquoi tu dis rien ?

LA PROMISE : Pour pas l'user trop !

L'AUTRE : Quoi ?

LA PROMISE : Le baiser !

L'Autre s'arrête.

L'AUTRE : Tu sais, tu vas avoir du mal à le garder pour toi toute seule, ce baiser. C'est un baiser volé, tu comprends ? Tout le monde le sait déjà. Ça va être difficile de tenir ta langue. Tout le monde va en vouloir. C'est tentant. T'entends ? Et faudra oublier personne ! C'est des coups à déclencher une troisième guerre mondiale, ça !

LA PROMISE : Pan pan !

Petit tour de danse.

L'Autre s'arrête.

L'AUTRE : Tu voudrais pas venir avec moi ?

LA PROMISE : Où ça ?

L'AUTRE : Là-bas ?

LA PROMISE : Là où y a les orties ?

L'AUTRE : Oui, de l'autre côté !

LA PROMISE : C'est que j'aime pas trop les orties, moi !

L'AUTRE : T'inquiète pas, je les couperai, les orties.

LA PROMISE : Moi, c'est au bout du monde que je dois aller.

L'AUTRE : Si on arrive jusque derrière les orties, c'est déjà pas mal, non ?

LA PROMISE : Qu'est-ce que tu veux qu'on fasse, derrière les orties ?

L'AUTRE : Je voudrais te dire des choses.

LA PROMISE : Quelles choses ?

L'AUTRE : Des choses !

LA PROMISE : Tu m'en as déjà dit pas mal !

L'AUTRE : Non, mais d'autres choses !

LA PROMISE : Pourquoi pas me les dire ici ?

L'AUTRE : C'est des choses qui se disent pas devant tout le monde.

LA PROMISE : Pourquoi pas me les dire à l'oreille ?

L'AUTRE : C'est des choses qui se disent pas avec des mots.

LA PROMISE : Ah bon ? Avec quoi ça se dit, ces choses ?

L'AUTRE : Avec les yeux !

LA PROMISE : Avec les yeux ?

L'AUTRE : Oui !

LA PROMISE : Montre !

L'Autre fait un petit truc avec les yeux.

LA PROMISE : C'est tout ?

L'AUTRE : Non ! Avec les yeux, avec les mains !

LA PROMISE : Montre !

L'Autre fait un petit truc avec les mains.

LA PROMISE : Et encore ?

L'AUTRE : Avec le ventre !

LA PROMISE : Avec le ventre ?

L'AUTRE : Oui !

LA PROMISE : Fais voir !

L'Autre fait un petit truc avec le ventre.

LA PROMISE : Ouh, j'aime pas beaucoup ça, moi.

L'AUTRE : Quoi ?

LA PROMISE : Ces choses qui se disent pas avec des mots ! J'ai peur que tu en profites pour faire beaucoup de fautes d'orthographe, toi.

Un temps.

La Promise s'approche de l'Autre.

LA PROMISE : What do you know about me ?

L'AUTRE : Nothing !

LA PROMISE : Do you know my name ?

L'AUTRE : No !

LA PROMISE : Do you know my favorite color ?

L'AUTRE : No ! And you ?

LA PROMISE : No !

L'AUTRE : It begins always like that between a boy and a girl.

LA PROMISE : Just a few words in english ?

LA PROMISE : Yes ! It is just that we know the one about the other. Just english !

Petit tour de danse.

L'Autre s'arrête.

L'AUTRE : Alors, tu veux pas venir ?

LA PROMISE : J'ai peur !

L'AUTRE : De quoi ?

LA PROMISE : Et si jamais t'as le couteau entre les grandes dents ?

L'AUTRE : Est-ce que j'ai l'air d'avoir les grandes dents ?

LA PROMISE : Non !

L'AUTRE : Alors ?

LA PROMISE : Mais le couteau, oui !

L'AUTRE : Oui !

Un temps.

LA PROMISE : Sors-le, ce couteau !

L'Autre sort un couteau de sa poche.

LA PROMISE : Tu vois que tu l'avais déjà !

L'AUTRE : Comment tu le savais ?

LA PROMISE : Tous les garçons ont ce couteau au fond de la poche.

L'AUTRE : Je n'y pensais même pas, à ce couteau.

LA PROMISE : Pose-le !

L'Autre pose le couteau par terre.

LA PROMISE : Voilà ! Tant qu'il restera là, ton couteau, et que tout le monde le verra, alors il y aura aucune ombre entre toi et moi.

Un temps.

L'AUTRE : Et les filles, elles, qu'est-ce qu'elles ont ?

LA PROMISE : C'est très rare, les jupes avec des poches.

Petit tour de danse.

La Promise s'arrête.

LA PROMISE : L'entente parfaite ! Tu sais ce que c'est, toi, que l'entente parfaite ? C'est quand une fille part de Casablanca, au Maroc, le 28 avril 1951 entre 10 heures et midi, et un garçon de Cluny, en France, le 16 novembre 1956 à 6 h 30 du matin, et que le 23 juillet 1993, à minuit dix, dans le grenier d'une petite maison vosgienne, leurs lèvres se retrouvent pile l'une contre l'autre. Comme ça !

L'AUTRE : Comment ?

LA PROMISE : Comme ça !

L'AUTRE : Embrasse-moi !

LA PROMISE : Ça va pas non des fois ?

L'AUTRE : Pourquoi pas ?

LA PROMISE : Parce que si je t'embrasse, là, on aura l'air chouette.

L'AUTRE : Tant mieux si ça nous rend beaux !

LA PROMISE : Non, chouette ! Hibou, je veux dire.

L'AUTRE : Mais c'est pas la nuit ?

LA PROMISE : Même ! Partout autour de nous, ça va faire « houhou », si je t'embrasse, là.

L'AUTRE : Alors, de l'autre côté !

LA PROMISE : Faudrait me le demander en anglais !

L'AUTRE : Do you want to kiss me just behind ?

LA PROMISE : Baby ?

L'AUTRE : Baby ?

LA PROMISE : Bon ! Mais sans les bottes !

L'Autre ôte ses bottes.

Ils passent derrière le rideau rouge.

Plus que les bottes.

Derrière le rideau rouge.

LA PROMISE : C'est le soir maintenant.

L'AUTRE : Oui ! Nous voilà partis dans une drôle de chose, toi et moi. Il va falloir passer du soir au lendemain matin, tous les deux ensemble. Et personne pour nous aider. Cette nuit, la Lune est comme une lame de sabre qui nous ouvre la chemise.

LA PROMISE : Aïe !

Un temps.

L'AUTRE : Je peux me mettre là ?

LA PROMISE : Oui !

L'AUTRE : Je peux t'enlever ça ?

LA PROMISE : Oui !

L'AUTRE : Je peux poser ma main ici ?

LA PROMISE : Oui !

L'AUTRE : Je peux te le dire tout bas ?

LA PROMISE : Oui !

L'AUTRE : Tu sais, moi, j'ai déjà tenu une Indienne dans mes bras.

LA PROMISE : Non !

Fin de la première partie.

2

Devant le rideau rouge.
Juliette Béquette entre. Elle va aux bottes.
Elle les enfile. Elle imite une danse russe.

JULIETTE BÉQUETTE : Kakalin Kakalin Kakalin kakaya ! Kakalin Kakalin Kakalin kakaya ! Kakalin Kakalin Kakalin kakaya ! Kakalin Kakalin Kakalin kakaya !

Elle s'arrête. Elle regarde derrière le rideau.

Au public.

JULIETTE BÉQUETTE : L'amour, c'est pas compliqué. Soit t'es un garçon, soit t'es une fille. Si t'es un garçon, pas de problème ! Si t'es une fille, c'est un peu plus difficile. Soit t'es belle, soit t'es moche. Si t'es belle, pas de problème ! Si t'es moche, c'est un peu plus difficile. Soit t'es riche, soit t'es pauvre. Si t'es riche, pas de problème ! Si t'es pauvre, c'est un peu plus difficile. Soit t'es en pantalon, soit t'es en jupe. Si t'es en pantalon, pas de problème ! Si t'es en jupe, c'est un peu plus difficile. Soit tu sais parler anglais, soit tu sais pas parler anglais. Si tu sais parler anglais, pas de problème ! Si tu sais pas parler anglais, c'est un peu plus difficile. Soit tu cours très très vite, soit t'es un peu longue à la détente. Si tu cours très très vite, pas de problème ! Si t'es un peu longue à la détente, c'est un peu plus difficile. Soit tu lui colles une tarte de la main gauche, soit tu lui en colles une de la main droite. Y a pas d'autre solution.

Elle regarde derrière le rideau.

Au public.

JULIETTE BÉQUETTE : Pour disparaître dans le monde des fées, il suffit d'enfiler des bottes, de compter jusqu'à trois et de dire « et hop ! » sur un certain ton. Comme ça : un, deux, trois, et hop !

Elle ne disparaît pas.

JULIETTE : Raté ! Je recommence. Attention : un, deux, trois, et hop !

Elle ne disparaît toujours pas.

JULIETTE : Encore raté ! Je répète : un, deux, trois, et...

L'Autre sans les bottes revient.

L'AUTRE : Tu savais ce que c'est, toi, que l'entente parfaite ? C'est quand une fille part de Casablanca, au Maroc, le 28 avril 1951, entre 10 heures et midi, et un garçon de Cluny, en France, le 16 novembre 1956 à 6 h 30 du matin, et que le 23 juillet 1993, à minuit dix, dans le grenier d'une petite maison vosgienne, leurs lèvres se retrouvent pile l'une contre l'autre. Comme ça !

Juliette ne répond pas.

L'AUTRE : C'était juste un baiser volé. C'est à cause de l'anglais, tu comprends ? C'est difficile de tenir sa langue.

Juliette ne répond pas.

L'AUTRE : Les bottes, ça te fait une drôle de tête.

Juliette ne répond pas.

L'AUTRE : L'amour, c'est tellement grand. Des fois, ça peut pas tout tenir dans une seule fiancée. Des fois, il en faut deux, des fois trois, des fois même quatre.

JULIETTE : Quand on en aime quatre, on n'en aime pas.

L'Autre sans les bottes sort.

Juliette Béquette montre à gauche.

JULIETTE : Rire !

Elle montre à droite.

JULIETTE : Pleurer !
Plouf! Am stram gram, pique et pique et colégram, bourre et bourre et ratatam, am stram pique dam !
Pleurer !

Elle pleure à chaudes larmes.

JULIETTE : Là, je pense.
Là, je tourne.
Là, je tombe.
Là, je meurs.
Là, je ressuscite.

Elle sèche ses larmes.

JULIETTE : Allez, la dernière ! Un, deux, trois, et hop !

Noir.
Le rideau s'ouvre.
Fin de la deuxième partie.

3

Contre le mur du fond.
Juliette Béquette et le Futur adossés au mur, désœuvrés.

JULIETTE : Ça y est, j'ai compris.

LE FUTUR : Hein ?

JULIETTE : J'ai compris pourquoi les histoires d'amour, c'est si difficile de les faire durer longtemps.

LE FUTUR : Ah ?

JULIETTE : Parce que le nombre des amoureux n'est pas divisible par deux.

LE FUTUR : Bon !

JULIETTE : Je t'assure. Je viens de compter, là. J'ai beau tourner ça dans tous les sens, il y a toujours une fille en plus.

LE FUTUR : Tiens !

JULIETTE : Et alors, cette fille-là, elle essaie de se trouver un garçon, comme les autres. Y a pas de raison. Et ça bouscule toutes les histoires d'amour, jusqu'à ce qu'une autre se retrouve sur la touche.

LE FUTUR : Curieux !

JULIETTE : C'est sans arrêt comme ça. Et là, c'est mon tour.

Un temps.

LE FUTUR : Comment tu t'appelles ?

JULIETTE : Juliette Béquette !

LE FUTUR : Comment ?

JULIETTE : Juliette Béquette !

LE FUTUR : Béquette ? C'est un nom d'écrivain, ça ?

JULIETTE : Juliette aussi ! Les deux, c'est des noms d'écrivains.

LE FUTUR : On peut dire que t'es drôlement bien entourée, toi !

JULIETTE : C'est sûr !

LE FUTUR : T'as de quoi être fière.

JULIETTE : Je me plains pas.

LE FUTUR : C'est qui ton père, c'est qui ta mère ?

JULIETTE : Les deux, c'est des garçons.

Un temps.

JULIETTE : Et toi ?

LE FUTUR : Moi, je suis le Futur.

JULIETTE : Menteur !

LE FUTUR : Je t'assure.

JULIETTE : Tu veux dire le futur, le Futur ?

LE FUTUR : Oui !

JULIETTE : Celui qui doit venir demain ?

LE FUTUR : Oui !

JULIETTE : Menteur !

LE FUTUR : Si je te le dis !

JULIETTE : Alors, qu'est-ce que tu fais là ?

LE FUTUR : Moi, je t'attends.

JULIETTE : Depuis quand ?

LE FUTUR : Depuis le début !

JULIETTE : Menteur ! Mais quel menteur !

LE FUTUR : Je te jure.

JULIETTE : Moi, personne ne m'attend.

LE FUTUR : Pas si sûr !

JULIETTE : Si quelqu'un m'attendait, j'irais plus vite que ça.

LE FUTUR : Y a toujours quelqu'un qui t'attend quelque part.

JULIETTE : Où ?

LE FUTUR : Là ! À deux pas ! Assis sur un petit banc !

JULIETTE : Bonjour Futur !

LE FUTUR : Bonjour Juliette Béquette !

Juliette fait un petit tour.

JULIETTE : Dis-moi, Futur, fera beau demain ?

LE FUTUR : Tu peux en être sûre !

JULIETTE : Menteur ! T'es vraiment qu'un menteur !

LE FUTUR : Tu paries ?

JULIETTE : Alors, pourquoi j'ai les bottes, là ?

Silence.

Juliette fredonne une chanson.

JULIETTE :

Moi mon amour finit en novembre
Toi le tien ne commence qu'en janvier
Et entre-temps qu'est-ce que tu fais
Et entre-temps qu'est-ce que tu fais

Est-ce qu'on pourrait pas partir ensemble
Pour occuper le mois de décembre
À faire ce qui nous plaît
À faire ce qui nous plaît

JULIETTE : Tu vois bien, Futur, t'es pas le mien.

LE FUTUR : Mais alors, le baiser ?

JULIETTE : Moi, c'est les bottes que j'ai. Je regrette, Futur, mais le baiser, c'est l'autre qui l'a gardé.

LE FUTUR : C'est très grave, ça.

JULIETTE : Mais non !

LE FUTUR : Mais si ! C'est comme si un loup venait tout d'un coup de sortir de ta bouche, là, et qu'il avait dévoré la moitié du monde.

JULIETTE : Mais non !

LE FUTUR : Mais si ! Ça veut dire qu'il ne parviendra jamais à faire le tour du monde, ce baiser, et qu'il ne me ramènera jamais ma fiancée qui est à l'autre bout.

JULIETTE : Mais si !

LE FUTUR : Mais non !

JULIETTE : Mais si !

LE FUTUR : Mais non !

Un temps.

LE FUTUR : Dis, Juliette Béquette, tu veux voir un ange qui passe ?

JULIETTE : Où ça !

LE FUTUR : Là !

Il tend le doigt vers le ciel.

JULIETTE : Fais voir !

LE FUTUR : Fla fla fla fla fla fla fla fla fla fla !

Un temps.

JULIETTE : Regarde-moi !

Le Futur se tourne vers Juliette Béquette.

JULIETTE : Enlève ta veste !

Le Futur enlève sa veste.

JULIETTE : Enlève ta chemise !

Le Futur enlève sa chemise. Il se retrouve en tricot de corps.

JULIETTE : C'est bien ce qui me semblait.

Le Futur ne comprend pas.

JULIETTE : Tu as mis ton tricot à l'envers !

Un temps.

JULIETTE : C'est pas ta fiancée qui est partie au bout du monde. C'est toi qui lui tournes le dos.

LE FUTUR : Comment tu fais pour voir à l'intérieur des chemises, toi ?

JULIETTE : Comme ça !

LE FUTUR : C'est pas que je lui tourne le dos, Juliette Béquette.

JULIETTE : C'est quoi, alors ?

LE FUTUR : C'est que, ma fiancée et moi, on se parle plus ! Y en a un qu'a dit « non ! », l'autre qu'a dit « si ! », et c'était fini. C'est pas que je lui tourne le dos, Juliette Béquette. C'est que je réfléchis.

JULIETTE : À quoi ?

LE FUTUR : À un mot, Juliette Béquette ! Un mot que je pourrais lui dire et qui nous ferait repartir ensemble.

JULIETTE : Quel mot ?

LE FUTUR : Je ne sais pas, Juliette Béquette. C'est toi la fille d'écrivain.

JULIETTE : Y en a tant, des mots !

LE FUTUR : Il faut que tu m'en trouves un, là. Un mot que je pourrai lui offrir comme un cadeau caché dans mon dos, quand je me retournerai.

Un temps.

LE FUTUR : Alors ?

JULIETTE : Je ne sais pas comment le dire.

LE FUTUR : C'est si difficile ?

JULIETTE : C'est un mot d'amour que tu demandes. Ça peut pas se dire comme ça.

LE FUTUR : Alors, moi je sais.

JULIETTE : Comment ?

LE FUTUR : Tu vas le glisser avec ta langue dans ma bouche, ce mot, Juliette Béquette.

JULIETTE : Mais c'est pas de l'anglais !

LE FUTUR : Il faut bien qu'il finisse son tour du monde, le baiser, que je puisse le remettre à ma fiancée.

JULIETTE : Bon, mais pas là !

Le Futur enlace Juliette Béquette.
Petit tour de danse.
Ils sortent.

Ils reviennent.
Juliette s'arrête. Elle se baisse.

LE FUTUR : Et toi, qu'est-ce que tu vas devenir ?

Juliette enlève une botte.

LE FUTUR : Maintenant ?

Juliette retourne sa botte. Elle la secoue.

LE FUTUR : Hein ? Qu'est-ce que tu vas devenir, toi, maintenant ?

Juliette regarde dans sa botte.

LE FUTUR : Là ?

Juliette tape sa botte par terre.

LE FUTUR : Hé, qu'est-ce que tu vas devenir, là, toi ?

Juliette retourne sa botte. Elle la secoue.

LE FUTUR : Maintenant ?

Juliette remet sa botte.

LE FUTUR : Ho ! Qu'est-ce que tu vas devenir toi là maintenant ?

Juliette se redresse.

LE FUTUR : Faut toujours que t'aies le dernier mot, toi.

Juliette ne dit rien.

LE FUTUR : Tu peux bien ne rien dire, c'est quand même toi qui l'as, le dernier mot.

JULIETTE : Allez, la der des ders ! Un deux trois, et hop !

Elle ne disparaît toujours pas.

JULIETTE : Encore raté !

Elle sort.

Le Futur remet son tricot dans le bon sens.

LE FUTUR : Mon amour, la première fois que je t'ai embrassée sur la bouche, il y eut un terrible tremblement de terre en Amérique centrale. Pourtant, je n'avais rien senti de particulier, si ce n'est ce léger étourdissement que l'on a quand on embrasse une fille sur la bouche pour la première fois. Ton Futur.

La Promise apparaît. Elle s'approche du Futur.

La Promise : Et maintenant, tu la vois ?

Le Futur : Oui !

La Promise : Elle te plaît, comme ça ?

Le Futur : Je pensais qu'elle serait un peu plus grande.

La Promise : C'est parce que tu la vois encore de loin. Ce sont tes yeux qui ne sont pas encore habitués.

Le Futur : C'est passé si vite, ce tour du monde.

Un temps.

Le Futur : Est-ce qu'elle s'est ennuyée de moi ?

La Promise : Je ne sais pas. Il faut lui demander !

Le Futur : Est-ce que tu t'es ennuyée de moi ?

LA PROMISE : Oui très !

LE FUTUR : Ah ?

LA PROMISE : Qu'est-ce qu'elle a dit ?

LE FUTUR : Oui très !

LA PROMISE : Ah ?

Un temps.

LE FUTUR : Est-ce que tu hausses toujours comme ça les épaules ?

LA PROMISE : Quoi ?

LE FUTUR : Je lui demande si elle hausse toujours les épaules.

LA PROMISE : Comme ça ?

LE FUTUR : Oui, c'est ça ! Ça lui donne tellement l'air de se ficher du monde.

Un temps.

LA PROMISE : Eh bien ?

LE FUTUR : Eh bien ?

LA PROMISE : Tu vas pas la laisser là, ta fiancée, plantée au bout du monde dans cet éternel coucher du soleil ?

LE FUTUR : Est-ce qu'un petit tour de danse, ça lui dirait ?

LA PROMISE : Est-ce que ça te dirait, un petit tour de danse ?

Un temps.

LE FUTUR : Alors ?

LA PROMISE : C'est oui !

LE FUTUR : Mais toi ? Tu voudrais pas venir aussi ?

LA PROMISE : Si je dérange pas ?

LE FUTUR : Allez, c'est parti !

Il l'enlace.
Petit tour de danse.

LE FUTUR : Est-ce que je peux t'embrasser, là ?

LA PROMISE : C'est aux deux qu'il faut le demander.

LE FUTUR : Est-ce que je pourrais vous embrasser, là ?

LA PROMISE : Mademoiselle ?

LE FUTUR : Mademoiselle ?

LA PROMISE : Je ne veux pas voir ça, monsieur !

Le rideau se ferme.

Devant le rideau rouge.
Le Futur et l'Autre avec des bottes.
Ils dansent ensemble.

LE FUTUR : Vas-y !

L'AUTRE : Mon amour, je n'ai de rouge que les yeux. Donne-moi un baiser, que j'en aie aussi sur les lèvres et sur les joues.

LE FUTUR : Plus fort !

L'AUTRE : Mon amour, je n'ai de rouge que les yeux. Donne-moi un baiser, que j'en aie aussi sur les lèvres et sur les joues.

LE FUTUR : Sans les bottes !

L'Autre retire ses bottes.

L'AUTRE : Mon amour, je n'ai de rouge que les yeux. Donne-moi un baiser, que j'en aie aussi sur les lèvres et sur les joues.

LE FUTUR : En anglais !

L'AUTRE : My love, I just have red in my eyes. Give me a kiss, that I have it on my lips and on my…

LE FUTUR : C'est mieux en anglais.

L'AUTRE : Bon !

Ils sortent. Noir.
Fin.

Paris, septembre 2004